**CÍRCULO
DE POEMAS**

Geografia íntima do deserto
e outras paisagens reunidas

Micheliny Verunschk

13 NOTA DA AUTORA

I — à porta

17 A propósito dessa nova geografia

II — orbe

GEOGRAFIA ÍNTIMA DO DESERTO

27 O Livro
28 Domingo
29 A Borboleta
30 Duo
31 Rápido Monólogo do Caçador com Sua Caça
32 O Rio
33 O Dragão
34 Desenho
35 g

36 Subverso
37 Noite
38 Seca (ou "O Boi e a Quaresma")
39 Memória
40 Variação e Rito sobre uma Tourada Espanhola
45 Evangelho
46 Face
47 A Bicicleta
48 Terço
49 Suicídio
50 *Nightmare*
51 Rubaiat
52 Infibulação
53 *Darkness*
54 Salomé
55 O Tigre
57 O Que Dizem os Girassóis sobre a Morte
58 Hieróglifo
59 O Homem do Lado do Espelho
60 Deus
61 Conto
62 Ditirambo
63 Se Outro Nome Tivesse a Rosa
64 Seda
65 As Tardes como Cães Danados
66 Lenda
67 Aniversário
68 Da Rotina
69 Cena Suburbana
70 *Le Cirque*
71 Geografia Íntima do Deserto
75 O Espelho de Borges

77 Fotografia de Menino
78 Tankas
79 Vincent
80 Hades
81 Xadrez
82 Lego
83 Meninas
84 O Soldado Verde
85 Flor
86 Dois Temas para Meninos
88 Um Canto Obsessivo
90 Inventário
91 Dor
92 Três Esboços de Método para a Pintura
94 Para Esquecer os Mortos
95 Salmo da Luta Inútil
96 Tempo
97 O Farol
98 Decalque
99 *Toys*
100 Ofício
101 A Tecelã
102 Anotação para um Domingo da Ressurreição
104 Epílogo ao Anjo Cego do Senhor
105 Frida

A CARTOGRAFIA DA NOITE

113 [Uivo]

115 *MATEMÁTICA*
117 História

118 Rubens
119 Diorama
120 Naufrágio
122 Prática
123 A Barata
124 [Amor é morte]

125 *PROJEÇÕES*
127 Abismo 801
129 Ausência
130 Enfeite
131 Rota
132 Tatuagem
133 [Traz o teu encanto]

135 *CARTOMETRIA*
137 Troia
138 O Fazedor de Sonhos (ou A Rede)
139 Arrecife
141 Coliseu
142 O Muro
143 Biografia
144 Trabalho
145 Festa
146 O Leão
147 [Para fazer um pássaro]

149 *MAPAS*
151 Sala
153 Orlando
154 Palavras
155 Diadorim

156 Um Suicídio
157 Chapeuzinho Vermelho
158 Literatura
159 Cerco
160 [Uma criança antiga]

161 *CONTRARRUMO*
163 [O sol]

III — território aberto

167 Sobre o poema

IV — órbita

VESTIDOS VAZIOS

173 I
174 II
175 III
176 IV
177 V
178 VI
179 VII
180 VIII
181 IX
182 X
183 XI
184 XII

185 XIII
186 XIV
187 XV
188 XVI
189 XVII
190 XVIII
191 XIX
192 XX
193 XXI
194 XXII
195 XXIII
196 XXIV
197 XXV
198 XXVI
199 XXVII

v — óbolo

O OBSERVADOR E O NADA

205 I
211 II
217 III
221 IV

vi — como quem desatina

225 [) escrever como quem constrói um labirinto]

VII — móbiles

B DE BRUXA

233 I
234 II
235 III
236 IV
237 V
238 VI
239 VII
240 VIII
241 IX
242 X
243 XI
244 XII
245 XIII
246 XIV
247 XV
248 XVI
249 XVII
250 XVIII
251 XIX
252 XX
253 XXI
254 XXII
255 XXIII
256 XXIV
257 XXV
258 XXVI
259 XXVII
260 XXVIII

A COZINHA DO BUDA

263 [uma antiga cozinha assentada]
264 [as bananas amadurecidas na fruteira]
265 [enquanto cozinho]
267 [adoro como a palavra]
268 [manhã de origami]
269 [o pequeno buda dourado]
270 as laranjas nessa tarde iridescente
271 [em cozinha alheia]
272 [hoje acordei]

274 ÍNDICE EM ORDEM ALFABÉTICA DOS TÍTULOS
DOS POEMAS
277 CRONOLOGIA-CONSTELAÇÃO DESTE VOLUME

Nota da autora

Em 2024, completam-se vinte e um anos da publicação do meu primeiro livro, *Geografia íntima do deserto*, em torno do qual se organizam as "obras incompletas" que aqui apresento, agregando alguns outros livros que, por terem modestas tiragens no passado, são quase desconhecidos dos leitores.

O ato de revisitar a minha obra poética me ensina novas coisas sobre a minha poesia e sobre as obsessões da minha escrita, de toda ela. Uma dessas coisas é a percepção cada vez mais nítida da construção de uma trajetória circular em um território espelhado. Como um cão correndo atrás do próprio rabo dentro de um labirinto. Ou algo desse tipo. Não há justificativa para a poesia como não há para a maioria das coisas que acontecem (os fenômenos) ou que causamos (os acidentes), muito embora a poesia não seja uma coisa e nem outra, mas um ato sensível da vontade e do pensamento. E mais. A poesia é uma força. Um afeto. Um artefato. Uma travessia. Um corpo. Eu escrevo e gosto de pensar que, na maior parte do tempo, danço com o poema.

S	A	T	O	R
A	R	E	P	O
T	E	N	E	T
O	P	E	R	A
R	O	T	A	S

I — À PORTA

A propósito dessa nova geografia

o deserto
essa coisa escrita
areia nevoeiro noite escura
coisa imediata ao corpo
ganhando sua própria carnadura
poeira caroável de estrela
ou a fibra indestrutível de uma fruta

o poema [ou o deserto]
essa coisa inscrita
círculo traçado em paisagem impura
búzio sal mosto réstia
matemática entre a pedra e a pluma.

II — ORBE

Geografia íntima do deserto

A Aloizio e Mércia, Michel e Max, minha família.
Às famílias Pinto de Barros e Souza Machado.

Aos Amigos
Fred Barbosa
Lirinha
Mário Hélio
Siane Góis
Weydson Barros Leal

A Tulle Cézar

> *Todos os museus têm medo de mim*
> *porque cada vez que fico um dia inteiro*
> *em frente de um quadro*
> *no dia seguinte se anuncia*
> *o seu desaparecimento.*
>
> Marin Sorescu[*]

[*] Marin Sorescu, *Razão e coração*. Trad. de Luciano Maia. São Paulo: Giordano, 1995.

O Livro

Havia de encontrar
Alguma antiga ferida
E nela, supurando ainda
Teu rosto:
Outonos e infernos
Esquecidos
Entre páginas amareladas
E a dor, essa inútil traça.

Domingo

Os cavalos
do carrossel
giram
ruas apressadas,
multidão ereta.
Os doces cavalinhos
do carrossel giram,
têm olhos assimétricos
e giram.
Falos de madeira.

A Borboleta

Faminta mancha
na parede branca
a negra borboleta
abre as asas.
Devora toda
a parede branca
a lepra
da faminta
que se alastra.
Somente mancha,
somente mancha,
mancha que se alarga.
Somente mancha,
faminta mancha,
estrela negra
abrindo grandes asas.

Duo

O Violino

Entregue à sutil carícia
da curva do queixo
mal finge
que freme mesmo
é ao balé febril
das pontas dos dedos.
(Talhado em nobre madeira,
o filho de Eros,
é dado ao gozo animal
ao humano sexo...)

Violoncello

A louca dama, nua e fera
deita e luta
com o seu músico:
que a mantendo
por entre as pernas
vai aprendendo
músculo a músculo
o gemer denso
de madeira rouca
a doma intensa
o sexo acústico.

Rápido Monólogo do Caçador com Sua Caça

Trago
pardos
os olhos de cobiça
que atiro sobre ti,
teu verbo/teu sexo:
tua presa de marfim.

O Rio

O dia e a cidade
conspiram
contra mim
como um gatilho armado
de um revólver orgânico:
disparam
signos
concreto
e a pele quente dos ônibus.

Mas à noite
copulo com luzes e prédios.
Sou útero.
Cântaro.

O Dragão

Um dragão marfim e dourado
se desprendeu do livro
de um antigo sábio
numa tarde qualquer do século VIII.

Morreram de tristeza e saudade
as cincos gueixas da página vinte.

Procuraram por ele
os valentes samurais de nanquim
que fechavam cada capítulo.

Mas, ninguém mais viu
o dragão que sangrava ouro.
E na fábula, uma chaga (fogo).

Desenho

A axila nua
e o cheiro quase doce de suor.
Os gatos não sabem do medo,
só do desenho e simetria
dos seus pares.
Álacre,
o salto é resina
e o gato.................um risco.

g

Era um gato de ébano
estático e mudo:
um gato geométrico
talhando em silêncio
o seu salto mais duro.
Era um gato macio
se visto de perto,
um bicho de carne
ao olho certeiro,
arrepio de sombra
subindo nas pernas,
um lance no escuro,
um tiro no espelho.
O gato era um ato,
uma estátua viva,
uma lâmpada acesa
no umbigo de Alice.
Era um gato concreto
no meio da sala:
era uma palavra
afiando palavras.
Era a fome do gato
e sua pata à espreita,
veludo-armadilha:
uma única letra.

Subverso

A sala não percebe
o navio que se agita
numa dança de touro furioso.

Da cerca em que está,
cega sua luz de solvente e óleo.
Sua raiva desarruma móveis,
pessoas, pequenos objetos
dos altares domésticos.

Foge da moldura
rompendo paredes
sua quilha afiada.
Traz na língua
o mar desgarrado e trôpego
ruminando algas corais cemitérios
marinhos e outros afetos ocultos.

Os mais velhos atribuem ao vento
o poder de tirar as coisas de lugar,
mas o navio arma-se,
ogiva em direção à quietude.

Noite

O mar
fareja e fareja
restos de sol sobre a areia.
O mar,
sextina negra,
sextina eterna e negra:
Galateia.

Seca (ou "O Boi e a Quaresma")

A Folia de Reis
chovendo fitas
passou ao largo de mim
que pastava calmo
no magro campo.

Ah! E o Sol,
imenso carrapato
agarrado no azul.

Memória

O meu pai
possuía uma das asas
muito negra.
E dele herdei
estas estrelas na testa
e esta noite excessiva.
De minha mãe
lembro apenas
clarins e água
e que cantava canções de janeiro.
As pedras brancas
deslizam suaves
sobre a asa muito negra
que foi de meu pai.
E eis toda a lembrança
que tenho da pátria.

Variação e Rito sobre uma Tourada Espanhola

Sobre o branco puríssimo
a rosa negra intumesce:
seu caule espesso,
sua pétala áspera,
sua fúria intensa e violeta.
Porque a cidade é escura,
porque as esquinas rasgam o passeio
e porque a chuva insiste fria, muito fria.
(Muitos animais
saem de entre as minhas pernas,
eu teria pensado aquela noite.
Hoje não.
Sei que moram também em minha garganta
e deslizam por ela
como o metrô desliza sobre o dia,
repleto de vozes e suores,
sua música polifônica.)
Sim, a cidade é escura,
mas a arena é clara.
O touro,
vermelho e arfante,
pinta a óleo e sangue
o pôr do sol
e a tarde emerge entre seio e lábio.
A cidade é escura,
mas a arena é clara
e a arena banha de festa e luta
toda a praça

que, luminosa e nua,
acende,
uma a uma,
as suas facas.

*Falo alto com as telas
que põem em perigo a minha vida.*
Marin Sorescu

Evangelho

Os seus dedos
tocam a cítara das chuvas
e traçam
a virgem magra
arquitetura do estio:
sua poesia de extremos.

Face

Saber o deserto
como a cidade
sabe os seus ferrolhos,
a infecção, suas abelhas.

Saber o deserto
e mais ainda: tê-lo.
Conquistar seus ferrões de areia
sua gula seca e oca tempestade.

(Penetrá-lo com suas íntimas chaves.)

A Bicicleta

A bicicleta brilhava no deserto.
Dourada era um bicho.
Magra, buscava as tetas da mãe
quando se perdeu.
A bicicleta e sua solidez de areia,
sua solidão de ferrugem
e seu olho manso e manso.
Tivera umas asas,
esfinge.
Tivera uma voz,
sereia.
Animal mítico,
pedais, semente, umbigo:
pedaço de sol,
um deus enterrado no deserto.

Terço

Sofia, Shekinnah, Maria, Fatma.
Em cada pedra uma mulher de sol.
Nas maiores se ornam de estrelas,
nas menores de todas as luas.

Sofia, Shekinnah, Maria, Fatma.
Serpente a engolir o próprio corpo,
anáfora, mandala,
palavras, mistérios, intenções.

Sofia, Shekinnah, Maria, Fatma.
E Eva gloriosa, no verso da medalha.

Suicídio

A mulher cega
lapida lembranças:
uma raiva incontida
das cores que não acontecem
e o sentimento de areia e cuspe:
Deus se perdeu de mim.

Nightmare

O imponderável
alimenta
os animais da noite
mas eles permanecem inquietos.
Rondam
farejam
salivam
sobre o meu sono.

Rubaiat

O vinho é pérola na concha da língua
o sol que abre a rosa d'aurora menina
e abrasa e deleita com luz que embriaga.
O vinho é tapete na tenda mais íntima.

Quem bebe do sol, do seu álcool vermelho
já sabe das vinhas os místicos beijos
e bebe o incêndio em oásis de prata.
Que bêbado sol, de deserto e desejo!

A tinta das uvas em poças na pele
desenha espinhos de púrpura e neve
na areia tão limpa de tez desmaiada.
Quem beba do vinho já soma as febres.

O vinho é cítara, cálice de prata,
ébria concubina, rosa desmaiada,
aurora vermelha, manhã de domingo.
Líquido tapete, dança que embriaga.

Infibulação

Lábios finos
recortados cuidadosamente a tesoura,
sem fugir da linha do contorno
sem preencher falha alguma
com lápis ou batom.
Ter cuidado, mão firme.
Ser terno para que não sangre em demasia
e cantar quase ninando.
Ver seu vermelho
em pálido esmaecer
(como as meninas mortas
que em suas fotografias
parecem que sempre foram mortas).
Sentir os frágeis ligamentos,
os nervos,
romperem as costuras
ante o dente rombo da tesoura.
Perceber a carne
ora cremosa, ora seca,
como uma folha seca,
se diluindo e se partindo
e antes do fim
colar tudo num álbum amarelo e vinho
e ir dormir em paz.

Darkness

A solidão,
essa tempestade,
esse gozo às avessas,
esse jeito de eternidade
que as coisas adquirem
mesmo sendo apenas vidro.
Essas cartas ardendo
no estômago das gavetas,
essas plumas
que surgem quando se apagam
as últimas luzes do dia.
Tudo faz a noite mais longa,
visão de uma sombra
sobre um berço.
Não há resposta
e o labirinto é o falso,
os lábios são falsos,
somente abismo,
absinto verdadeiro.
O sono,
grande placa de cerâmica
e o tempo,
demônio a ranger sobre o infinito.

Salomé

Lances:
dados:
serpente, os dedos dançam:

Uma noite
me habita
a cada abismo
que piso.

João Batista me olha:
precipício:

O Tigre

O tigre crescia como uma serpente.
Viril como um crucifixo
plantava-se na terra macia.

Como uma estrela de gelo
queimava a pele
inflamando espasmos.
Tinta roxa como o céu bem cedo.

Abria bocas,
engatilhava-se.

O tigre-mel confundia: opala.

Deslizava em grutas secretas.
Tomava a senda mais branca
feito cobra
feito as mãos de quem ora
em segredo tenso.

Sem regras
espreitava-se em chuvas,
em salvas,
salivas
e coisas assim tão finas
que o diriam morto.

O tigre suspeitava gretas
perante o céu mais cristalino
que o olho do que expia.

Tomando a carne mais virgem
como um ogro
ou só um tigre
o faria.

Deixando as garras de fora
como um rio de metal
que aguarda o sol.

Pedindo o gozo mais quente
como a língua que deseja a água
e se estica feito uma serpente.

O Que Dizem os Girassóis sobre a Morte

Eles vestiram
suas roupas sujas
e saíram de casa
e suas mãos
se desmanchando
em linhas de sangue
borraram a lã dos cordeiros
e as amendoeiras.
Nossas tias lamentavam a lua,
o tapete que teciam,
a voz de esmeralda
da menina caída no poço.
Eles não sabiam,
mas estávamos lá.
Bebemos em silêncio
o sêmen ainda quente do morto.

Hieróglifo

Na pedra da alma
gravo a cifra
do que sinto:
sou a um só tempo
o alvo
o caçador
e o arco tenso,
estendido.

O Homem do Lado do Espelho

O bestiário do Imperador
possuía apenas seres monossilábicos,
mínimos e peçonhentos
como um ponto-final,
ruminantes como reticências
e sentimentos ruins,
crispados em pelos e palavras:
Uma luxúria!

Deus

O pássaro,
essa página branca,
voa.

O deserto,
uma língua de areia.

Conto

Existem minas
ao norte de uma grande cidade
onde os mineiros
não veem a luz
há pelo menos 25 anos.
Dizem que têm
olhos fosforescentes
como peixes de regiões abissais.
Dizem que nascem da terra
e se proliferam por bipartição.
Dizem que têm pulmões modificados
e que nunca choram
porque dói muito.
Mas são homens,
ainda homens,
os mineiros do Norte.

Ditirambo

Argolas de cristal,
a fina borda das taças,
brincos.
O vinho que vidro
vibra tanto pelos ouvidos,
divindade vermelha
que dança e transborda e se quebra.
Ária.
Alegria contínua de bacantes
possuídas como uvas que se pisam,
como éguas
no ritmo alarde dos rebanhos.
Seus cascos trincando
um continente inteiro.
Diapasão do mais rubro beijo,
um caco de espelho
pintando/partindo
gengivas, himnos, a língua
e ergamos vivas!

Evoé, Aurora, Romã, Amara!
Evoé, Baco!
Evoé, irmã (á)vida breve,
breve como um copo
que se cai da mesa
se perde.

Se Outro Nome Tivesse a Rosa

A Mário Hélio

A rosa,
rosa-convulsivo,
seca:

Incendiária
acende
uma tristeza interna
e combustíveis
angústias
marrons e amarelas
(inventa
uma beleza
feérica,
nova,
a fênix,
a rosa).

Seda

Costurados
sobre mim
as mãos e os pés
dos poetas mortos.
Como maçãs inchadas,
coaguladas
logo após o café.
Destroços laminados
de algum submarino
tocam de leve
os olhos feridos
e abrem à força
as bocas
(embora saibamos
que não podemos
naufragar na sala
que ela arde de dezembro).
Sutil seria, pois,
um outro beijo
como uma serpente
num cesto de fina palha,
mas ainda preferível este:
um verme
um fuso
uma flor:
aberta em chaga

As Tardes como Cães Danados

Ladram
de largos espelhos
esses cães de pedra e mormaço
de lume e arame farpado.
Ladram quentes
e mordem
e inflamam
os calcanhares do vento.
E sobre os relógios pairam
ameaçando-lhes de silêncio.

Lenda

A mãe era um bicho em sua toca.
Comia estrelas
e lambia os filhos
com um mar tão intenso
que todos adquiriram presas de cristal.

Aniversário

O ceifeiro assobia
uma canção:
o tempo que dura a ceifa.

Eu assobio julhos e pianos
e trago na língua
espigas maduras
ou um lírio.

Sega-me, o ceifeiro.

Cego o meu senhor.

Da Rotina

Varrer o dia de ontem
que ainda resta pela sala,
o dia que persiste,
quase invisível
pelo chão,
nos objetos
sobre os móveis da sala.
Varrer amanhã
o pó de hoje.
Varrer,
varrer hoje.
(E domingo quebrar nos dentes
o copo
e sua água de vidro.
Segunda, não esquecer:
varrer todos os vestígios.)

Cena Suburbana

Os deuses dos olhos do gato
inquirem a alma da costureirinha
e lambem as mãos do triste:
e quão escuro é o poço
em que mergulham aquelas mãos,
sabem os deuses,
por isso mesmo se aconchegam nelas.

A costureirinha, não,
não lhes dá intimidades
e enxota o gato
que com ardis de homem,
ondula macio entre as suas pernas.

Le Cirque

No varal do manicômio,
camisolas agitam aplausos,
suportam o exílio de tudo
e nas tardes de tempestade,
piruetam, pipas pelo céu negro.

Os risos falhos dos mambembes
urinam uma luz trapézio,
sustentam os saltos suicidas, mas doem.

À noite, depois que o dono faz a contabilidade,
as pulgas exibem o cerol.

Amanhã tem espetáculo, sim senhor!

Geografia Íntima do Deserto

O Corpo Amoroso do Deserto

Teu corpo
branco e morno
(que eu deveria dizer sereno)
é para mim
suave e doloroso
como as areias cortantes
dos desertos.
Que importa
que ignores minha sede
se tua miragem
é água cristalina.
E a miragem eu firo com mil línguas
e cada uma é um pássaro
a bebê-la.
Ferroam a minha pele
escorpiões de fogo e sol
com seu veneno
e vejo,
magoada de desejo,
os grãos tão leves
indo embora ao vento.

A Presença Dolorosa do Deserto

Teu nome é meu deserto
e posso senti-lo
incrustado no meu próprio território.
Como uma pérola
ou um gesto no vazio.
Como o amargo azul
e tudo quanto há de ilusório.
Teu nome é meu deserto
e ele é tão vasto.
Seus dentes tão agudos
seus sóis raivosos
e suas letras
(setas de ouro e prata
nos meus lábios)
são o meu terço de mistérios dolorosos.

Sou apanhado por fim
e chego em casa altas horas da noite
cansado e rasgado pelos cães
segurando na mão uma reprodução barata.
                              Marin Sorescu

O Espelho de Borges

Em uma jaula de vidro
repousa um homem
que não vê,
mas é visto.

O observam
as coisas inanimadas,
as trevas
e os móbiles
de onde pendem
transluminosas
palavras.

O trem
envolto na bruma azul
do calendário
confunde-se com o homem,
seu sono de mármore,
seu hálito.

Confunde-se com o homem
até a palavra em negro
Fevereiro
o musgo dos números
a pedra dos domingos
em vermelho.

Confunde-se com o homem
tudo o que não vê,

mas o cerca,
o que de fora da moldura
respira e observa.

Fotografia de Menino

O menino morto
nem fazia conta
do caixãozinho de brinquedo,
do diadema de flores,
nem da roupa de festa
com que a mãe o vestira
num dia ordinário.
Curioso, mirava a máquina,
o olho fixo e estranho da máquina
que o olhava também.

Estava tão limpo e tão lindo
e o verniz dos sapatos
brilhava tanto,
mas o que incomodava de verdade
eram as mãos presas
numa prece que ele não sabia como soltar
e nem deveria, decerto,
pois a mãe poderia vir a ralhar
e seria um aborrecimento enorme.

Tankas

O Relógio

Sorrimos como migalhas de pão
sobre a roupa nova de festa.
Somos pó.

Natureza-Morta

Ontem à noite, dois tiros:
frutas secas caindo.

Inverno

Por meses a fio
não saberemos ser pedra.

Vincent

... E então
um girassol frenético
e mais campos
ruivos de trigo
brotaram-lhe
do profundo fosso
do ouvido.

Hades

Ouviram-se os gritos tenazes das lanças
e das entranhas da terra surgiu uma dança.

Lâminas bailarinas na dança do ventre.
Elmos de brilho cadente.

Sabres, punhais, saliva metálica
mastigando os frutos mais verdes das árvores.

A música dura de todas as armas
a dura sinfonia
sem sangue e sem água.

Vinagre e sal
no campo sombrio
espadas que afinam
o pio seguinte.

A batalha suspende seu giro no espaço.
A cortina se fecha.
Próximo ato.

Xadrez

Disseram aquela terra
menos poetas que pastores rudes
e bispos com as mãos
lavadas em sangue.
Disseram mais suas vestes negras,
os gafanhotos profetizando
pelas sinistras gargantas dos velhos,
a dura sombra dos cavalos
no dorso das encostas.
Disseram aquela terra
em sua fome branca,
o contorno do pequeno cemitério
continuamente redesenhado.
Disseram-na
quando não havia mais terra a dizer
e o filho do rei
roía unhas dos mortos que encontrava
com o desejo franco
de roer os próprios mortos.
Um novo rei com novos vícios.
Sim, um novo rei.

Lego

Corpo m util ado
batalha que/brada
no depor das armas
lance perd?do.
Como uma lâmpada e seu bocal
ajustam-se ainda este membro
e o semelhante que se foi?
Como um jogo
um brinquedo
encontram-se as peças extraviadas
pela mesma dor?
Em algum lugar
braços e pernas
procuram braços e pernas
pe da ços que se en-caixa-m
com todos os enganos.

Meninas

Na prateleira mais alta:
bonecas dentro das caixas,
olhos vidrados,
anjos sem asas.

Na prateleira mais baixa:
bonecas em potes de vidro,
olhos fechados,
anjos dormindo.

O Soldado Verde

A luz do sol
lava o soldado morto.

Um talho abre-lhe as costas
e vão se destacando ombros e pescoço.
Sangue tinge o uniforme o fuzil e minha mão
que o re-colhe na calçada.

É o seu sangue que se agarra a tudo,
musgo.

Dói no meu bolso o soldado morto
atento em sua morte de plástico.

Doem minhas as suas pernas mastigadas.

A luz do sol,
lava verde,
meu soldado verde
doendo dentro do bolso,
sem mais guerra ou dono
sem nada mais.

Flor

Inaugura outro mar
este pesadelo iniciático
de pintor ensandecido.

Saco de trevas
envolvendo trevas
lousa semovente,
mesa.

As frutas boiam entre caixotes
e vão arremeter contra os arrecifes
o doce pus.

O vaso
o vitral
ondabalapétala arrebentada,
heráldica irregular,
de feras diversas,
de faca cega pelo sol,
esta jaula.

Dois Temas para Meninos

I

O menino desenha
a bola ausente
e o muro cresce
perante o menino.
O muro prossegue,
o menino não.
Claríssima cal
banha seu peito.
O voo extinto
no cimento duro.
(Decerto ela brincará
com meninos outros
que prosseguirão.
Provável é que baile
noutros braços e pernas.
Provável é que deles
também se perca
e se perca sempre
girando até o infinito.)
O menino desenha com os olhos
a Ausente
e os seus olhos permanecem abertos.

II

Essa bola amarela
no pôr do céu
nua devagar
e se espraia
no horizonte.
E rosa e amarelo
se quebra
e se espuma.
Essa fruta malva
brilha
breve lábio
fibra de barbante
quase de açúcar
e rosa e amarelo
mascava a noite
e se quebra
e se espuma
e se quebra
e se espuma.
Essa ébria-novelo
teia tramas
raia linhas
essa ébria
essa uma
esse puma
e se quebra.

Um Canto Obsessivo

O que habita este envelope fechado?
Um animal ou uma máquina
que engendra surpresas malqueridas?
O que se escuta são risadas,
o trabalho de uma usina,
ou serão garras que rasgam papéis,
mapas,
festas gregas em que se quebram pratos?
Que mecanismos trabalham nesta carta?
Seu tic-tac é de bomba,
de conta atrasada,
de contagem regressiva?
Talvez intimação da justiça
ou uma ação de despejo da própria vida.
Talvez nada,
só um convite para a liquidação
da loja mais próxima
ou o coração de um indigente
pingando ainda,
material didático para a aula de anatomia.
Talvez nada,
só uma carta,
papel contra papel,
uma rosa desfolhada
e um amontoado de letras desconexas.
Notícias,
um pedido que morre,
a graça que fica,
a guerra que arde no íntimo amigo.

Talvez tudo,
um bicho traiçoeiro e pardo e mudo
ataviado de selos e outros enfeites,
mas muito ágil em cravar os dentes,
ele todo um ríctus de espinhos
que desfibra a vítima.
Que palavras guardam este cofre?
Que susto de presente?
Que bote?

Inventário

O armário
esconde coisas insuspeitadas
sol
nudez
tintas
— esta coleção de peças íntimas
o armário esconde ideogramas
e sedas chinesas
e, num canto escuro,
uma letra.

Dor

Subindo pelas narinas
a dor, este verme de arame,
rasteja e pinga ovos
foscos
latejantes.

Sequestra-me, a dor.
Sabe-me, a vadia.

Três Esboços de Método para a Pintura

A Bala

Do olho do pintor,
o tiro
rouba do pássaro
a verdade e o espírito.
Avaro olho,
feroz unha asceta,
enclausura o pássaro-alma
em sua tela.

Fábula

A língua do pintor
sabe o efêmero seio que beija.
O seio que não cabe
na cela das mãos,
que é pouca:
espelho onda geometria
quebrando-se dentro da boca.

Nudez

O pintor
estuda
a flor
matemática.
A flor
nua
de pétalas.
A flor:
nua,
exata.

Para Esquecer os Mortos

Leonor
tinha dentes brancos
e fazia anotações
numa caderneta xadrez.

Leonor era uma peça de xadrez.

Leonor
tinha dentes mármore.
Leonor mar lápide.

Leonor, não.
Letra.
Valquíria.

Salmo da Luta Inútil

Inútil, Senhor,
o Vosso sangue de cordeiro,
se a morte é o leão
e a vida, o circo.

Todos os dias
rumam para a prancha
os que vão morrer e não sabem.

Inútil, Senhor,
esta dor crucificada
se nada Vos arranca
desses pregos nas igrejas,
se as Vossas mãos furadas
não conseguem deter balas,
se uma ferida brota
na Vossa palma feito um terço.

Vã é esta luta, Senhor Morto,
se a morte é o leite,
o acidente que bebemos,
se nos lançamos aos bandos
tal crianças tontas,
ratos que se encantam
pela música da arena.

Vã é esta luta, Senhor Morto,
se ao menos Vós, só Vós escapásseis vivo,
mas este é o nosso picadeiro
e o ingresso jamais é devolvido.

Tempo

Moscas minúsculas
e fruteiras brancas.
O rio escorrega
dia.
A porteira colhe gemas
gemidos
um réquiem de velhas lavadeiras.

O Farol

Toda noite
o seu olho me vem
da Baía de Laia
e os arpões
empalam sereias.

Toda noite
essa rede
essa malha
esse ferro
esse gancho de peixes.

Esse Deus tem o olho de Laia
e me acha — acha
e me fode
bem antes que a espuma.

Toda noite Laia me olha
toda noite esse Deus
me devora.

Toda noite me vem
e me perde.

Toda noite
o farol me repete.

Decalque

A manhã seguinte decalcou
quase toda a manhã anterior
que se tinha fixado nos olhos.

E todas as outras manhãs
copiariam detalhes
cada vez mais tênues
até que nem olhos mais houvesse.

Toys

Somos de uma tristeza serena
quando montamos
quebra-cabeças,
principalmente aqueles
de paisagens grandiosas
de países distantes
(talvez porque saibamos
que há sempre uma peça perdida
no meio das outras
e que será a do instante final).

Ofício

Como um rei
que sonhasse
um círculo
um mármore
um castelo
e dormindo
seus olhos declarassem
o Belo:
uma lágrima
a perfeição
a luz
o verbo.
Como um Deus
que criasse a Beleza
muito embora fosse cego.

A Tecelã

A fome fia a teia,
Avó Aranha.

A fome tece e trança.

Espalha suas cinzas
e espera o peso,
o efeito da armadilha.

Atalaia,
a fome aguarda,
Avó Aranha.

Anotação para um Domingo da Ressurreição

Domingo da Ressurreição
e leio no jornal
que chegado é o tempo
de amolar as facas.

Minhas facas
estão todas míopes
pelo mau uso
(posso lamber-lhes o fio
que a língua permanecerá
                            virgem).

A mão, esta sim,
                      cega
pelo tempo
de não empunhar,
de não acariciar
o cabo das facas
como a um falo
sedento
do orgasmo
do corte.

Minhas facas, míopes,
minha mão cega,
e o tempo que se aproxima:
                      o tempo
do afiador!

(Izaías não foi vaqueiro,
plantou cafezais.
A hora já era passada
quando descobriu o gado:
Ah, as facas inutilizadas!
As facas aleijadas
pelo desperdício!)

Li no jornal
que chegado é o tempo.
Urge tomar uma providência.

Epílogo ao Anjo Cego do Senhor

Este tempo foi confiado
ao Anjo Cego do Senhor.
Polindo ossos contra ossos
como dentes contra vidro,
derrama a loucura do seu cálice
e se aflige, ele mesmo, em longa e violenta chuva.
Junta pedaços de jornal sobre suas asas,
cavalga ratos, porcos, carros desgovernados
e agita seus longos cabelos contra os desertos e oceanos.
Ao Anjo Cego do Senhor
foram confiadas ainda 15 mil almas
de canibais e assassinos em série.
E ele, que nada vê,
festeja o burburinho,
criança entre fios coloridos de eletricidade.

Frida

Dentro do pássaro,
um pássaro mais livre
rompe o voo da carne
e parte no próprio canto,
invertebrado,
sem a ossatura da gaiola.

Fora do pássaro,
cristalino nada.

A cartografia da noite

Para Ricardo, Nina e Theo.

No presente livro, só a organização daquele antigo poema é conservada. Esvai-se a grandiosidade dos temas. Resta, quando muito, um halo nostálgico da ambição que inspirou o seu modelo, mais de duas vezes milenar. E talvez a ideia, insistentemente repetida no velho manuscrito, de que o Unicórnio circula entre essas páginas.

Osman Lins, *Avalovara*

Uivo
uma dor perdida
e latejo
num vasto espaço
que a cartografia da noite
diz ser a região dos silêncios.

Uivo.

Neblina.

MATEMÁTICA

História

Desenterrar os mortos
e chupar seus ossos,
sugar seu mosto
de terra e sangue seco,
seu gosto secreto
de anos infindáveis,
arcos,
costelas,
arquitetura.

Se infeccionar com os mortos.
Triturar seus artelhos
de esponja ressequida,
pintar de negro e noite
os dentes e a saliva
e abandonar o sonho
viva,
muito viva.

Rubens

O morto está preso
dentro de um dia
como as palavras
dentro de uma carta.

O morto está preso
qual caixa vazia
que se guardaria
dentro de outra caixa.

E ainda em outra
[carta, caixa ou casa]
se deposita o morto
guardado e resguardado

como uma casa
dentro de um dia
como um dia
dentro de uma noite
como uma noite
dentro de uma carta.

O morto
é
presa.

Diorama

Esta janela
permite o mundo
o relâmpago
o voo
o tráfego.

Esta janela
inventa
os
15
andares
deste
sábado.

Esta janela
é tudo o que resta.

Naufrágio

Silêncio,
agora me destroço,
mastro retorcido,
casco arrebentado.

Meu nome encontra
o rosto da sereia cega
e decepada.

Meu nome encontra o nome
desse país provisório
entre a vida e a água.

Vértebras.

Pele furada.

Olho de baleia.

Agora é a minha deixa.

Coluna dolorida
tocando o abismo
desse céu inverso.

Incisão de agulhas de tricô.

Silêncio.
Agora me atravessam

pregos,
travessões.

Silêncio,
agora começou.

Prática

Esse voo
atento
e circular
e lento
em torno de mim mesmo,
dervixe cego
esse voo
calçado em cacos,
agulhas em brasa,
esse voo sem asas,
esse voo
que me levará
ao nada.

A Barata

A barata
tensa
atônita
atenta
à folha
pegajosa do poema.
Um calafrio quase
na carapaça dura
e o poema agridoce
acenando
acendendo
dentro da madrugada escura.

O dia nasce
parindo um novo solstício
e ela,
impressa,
presa no poema-suicídio.

Amor é morte
carta violada
que sangra aberta
todos os degredos
túmulo rasgado
entre véu e selos
leitura suicida
e assassinada.

Amor é morte
carta extraviada.

PROJEÇÕES

Abismo 801

Ela sentada na cadeira de balanço

O pai, fumando na sala
(a fumaça se entretendo no pai)
o pai dentro da caixa
a caixa dentro do pai.

A mãe cega
tateando pela casa
com as cinco chagas de Cristo
e uma tesoura
a lhe fazer companhia

Do lado de fora somente
ela
Ela e o mundo entre
as
suas
pernas

Ela, a dança das leoas.

Só muito tarde
o irmão pôde compreender
e viu os dedos
brilhantes borboletas
úmidas de casulo
e viu
asas

e viu
a manhã em rajadas

e viu

e nessa hora

caiu

Ausência

Restam
ainda em todo o corpo
as marcas do último banquete.
Resta,
acesa,
a exata claridade dos teus dentes.

Enfeite

Enquanto não vinhas
eu pastorava as brisas
e à noite juntava todas
nas cercas do meu sono.
Depois construía praças e jardins
com as palavras empilhadas sobre as cartas
com as cartas empilhadas sobre os dias
com os dias empilhados sobre o nunca.
Arquitetava outra engenharia do tempo
enquanto não vinhas
e nada, nada, era belo assim.
Enquanto não vinhas
fiz para mim esta urna funerária
com que enfeitas hoje
inadvertidamente
a tua sala.

Rota

É concha a tua boca
que me promete
continentes submersos.

E é o óbolo dos infernos
a prata do teu riso.

Inventas paisagens
o ritmo das noites
a marca da morte
sobre o meu corpo
mas não me tocas.

Inventas latitudes
paralelos
me dividindo em Evas
hemisfério.
Sou o teu mapa e pergaminho.

Girassol ou leão
teu sexo aguça
as estrelas do mar
e não te posso tocar.

Tatuagem

A Ricardo

Esta noite,
jardim de serpentes
que me devoram os pés,
vai gerar o amante.
Ele,
sem nome ou tessitura,
ateará agulhas em brasa
e uma única palavra
sobre o meu torso.
Fere-me de asas, sim?
Cega-me
e em torno de mim
apenas o real,
mar de estanho.

Traz o teu encanto
de cidade perdida
junto ao meu peito
pois nos meus mapas e manuscritos
não te encontro.
E talvez só no teu corpo
exista a chave
que te decifre

— ou me devore.

CARTOMETRIA

Troia

Toda saudade
repousa nas palavras,
tem cheiro de pinho
e ossos muito brancos.
Toda saudade:
velas arriadas
dos mastros dos batéis,
última visão da chama apagando,
canção de helenas nuas
perdida nos lábios de Ílion.
Em tudo,
o teu nome de pedra.
Saudade,
cadela morta.

O *Fazedor de Sonhos (ou A Rede)*

Um sonho é chamado
como nuvens de chuva
que se agregam pelo vento.
Vem de longe
de onde nem lucidez
nem pensamento se podem traduzir.
Coágulo
cogumelo
incha artérias
filamentos
prestes a explodir
talvez a cidade inteira.
Armado de relâmpagos
inicia o jogo.

Arrecife

Desse ponto
partem distâncias imaginárias
que contam
das reais distâncias entre nós.
Um homem posto
à frente de uma janela
é o fantasma de si mesmo
suspenso por linhas
e cores improváveis.
Somos ele
e ele é todos nós
como se não fôssemos
(ainda)
a cidade
em seu entorno.
Somos ele
e seus ombros caídos.
Somos ele
e seu rosto roído pelos peixes.
Somos ele
e as ruas estreitas
que o cortam
e que nele se empalam
como postes
travas
e outras saudades sem sentido
(como qualquer outra saudade).
Uma estátua
observa

a constelação das águas.
Sua roupa cinza
se agita
e veste por um instante
a pele nua do rio.
O homem se agita
e com ele
a cidade costurada
em nossas carnes.
Tudo cabe num selo
ou num trago de cigarro.
Tudo cabe no verde
mais próximo do branco.
Tudo brada:
relógio ensandecido.
Somos o real
e nada somos.
E isso é tudo.

Coliseu

Os carros rugem.

Espera de arenas, o círculo das batalhas.

A cidade se oferece: carne.

Abre a sua guarda
e os leões colidem,
esfomeados.

Hostes e dentes,
o seu nome é Legião.

O Muro

No muro de pedra

a pedra
o lodo
a hera.

O muro:

um ovo que se quebra
um touro na arena
um livro contra a tarde.

O muro:

a pedra contra a face.

Biografia

Nasci de um abismo
e nele me equilibro.
Tudo desmedido.
Tudo voraz.
Tudo a boca de uma grande loba
[estrela em pelo de caranguejeira].
Tudo essa teia
de saliva e luz negra.
Tudo esse uivo de danceteria
viaturas
bairros sujos.
Tudo um delay de mim
multiplicado por mim.
Tudo esse tiro
[um ou dois estampidos?]
esse giro
essa queda
esse fim.

Trabalho

Esta cidade
só é possível porque homens vindos
de todas as noites
urinam às cinco
seu fluxo amarelo
[e a germinam]
urinam ao meio-dia
seu fluxo esverdeado
[e a condenam]
urinam às dezoito e quinze
seu fluxo marrom
(esperma de pus e lodo)
seu fluxo escuro
(gozo de lixo e lama)
seu fluxo prateado
(rios e abortos de todas as partes)
e a adormecem.

Festa

Um sonho vermelho
inflama a noite
e a manhã escapa
pela fresta aberta
por seu falo de luz.
Grita
entre dentes amaros e rubros
o púbis da grande cadela
rebordado de estrelas.
Grita, rochedos.
Grita, profeta
revelando decifrações das línguas de Deus
de dentro de um flash de rosa cauterizada.
Grita loba parida
e engole o escuro
como uma virgem
engole incêndios
num circo vagabundo
como um sepulcro
engole um pêssego maduro
como uma boca engole
uma serpente
e outra boca
e outra serpente
até que nasça
mandala do seu próprio sonho.

O Leão

Flor carnívora
ele aquece a paisagem:
sol sobre cinzas
sal
sugem.
Apenas uma carícia
cabe no seu nome,
faro aceso
a contrapelo,
e uma mulher de luz
chupa-lhe o mastro.
Simétrico e circular,
o seu rugido
fere tulipas,
pequenos coleópteros,
enche copos, cálices, calas.
Ácido e doce
amamenta todas as suas fêmeas.
Depois dorme,
cidade inexistente.

Para fazer um pássaro
duas vogais e um deserto.
Para um gato,
bastam dois olhos.

MAPAS

Sala

Na sala do dentista
o crânio
de riso aberto
tudo observa,
lua amarela,
absorta
no real.

Eu,
debaixo de uma língua
inexistente.

Eu,
dissolução.
A anestesia,
a hemorragia
controlada em algodões.

O Outro.
A polpa
de sangue
da fruta sobre o prato,
um santo degolado,
envolto em cetim
branco.

Eu,
uma palavra
engasgada
envolta em gaze.

O Outro
entre instrumentos
mais próprios à poesia.

O Outro
rindo de mim,
máscara inquebrável.

Orlando

Trago todas as feridas da noite
e uma alegria:
um rosto que pousa
sobre o meu sono
como a asa de um sol.

A perda arquiteta réstias janelas lacunas

mas no sonho
uma infância se desenha.

Palavras

Assustadiças
escapam.
Uflam-se,
sustantes,
fingidas,
no verde folhífero
ou nas pedras.
A língua
circungirante
sanguerrubrosa
as denuncia:
camaleões
camafeus

Diadorim

Até o silêncio
é palavra:

assim,
essa pedra:

assim,
esse cofre:

[o teu olhar]

Um Suicídio

A aranha
delicada
lambe-me
entre os dedos
e uma luva
de veludo negro
se espalha por todo o braço.

Do outro lado,
a outra mão,
pálida como a neve
sangra maçãs
sobre um bilhete
inacabado.

Não há espelho
ou beijo
que as desperte.

Paralisia.

Chapeuzinho Vermelho

a Francisco Brennand

O lobo é o cheiro
(da noite)
o lobo é o passo
(do gato)
o lobo são os olhos
(do touro)
é a lua
o uivo da faca.

O lobo é a dor
(do relógio)
o lobo é o caminho
(mais curto)
o lobo é a cesta de doces
o lobo é o talho
é o susto.

O lobo é o pelo
(do lobo)
o lobo é a pele
(macia)
o lobo é a língua
(pingando)
é o baile e a máscara:

o lobo é menina.

Literatura

Mate o papai, Yuri.
Disse a irmã
ao mais novo romancista
da família.

Cerco

Uma palavra
espreita
e se esgueira
entre todas as frases
não lidas.
Lambe,
com um longo l,
suas próprias letras,
desde as vogais atentas
às consoantes hirsutas de frio.
Salta as armadilhas do poema.
Escapa
a todo laço,
dedos,
canetas,
memória,
dicionário.
Estala,
folha seca.
Mineraliza-se,
sólido concreto.
Respira ofegante
como quem se afoga
ou antecipa o bote.
Transforma-se
em inúmeros bichos
e foge.

Uma criança antiga
habita o dicionário
do mundo
e brinca.
Move pedras,
ideias
no tabuleiro lavado
pela luz do dia.
Não hesita
e em tudo se recria:
metáfora-semente,
bicho-minério,
poesia.
A criança brilha,
relâmpago de faca,
brinco e supernova
brinda espelhos que se racham.

Caleidoscópio.

CONTRARRUMO

O sol
devolve
cada coisa
que a noite
furtou
com sua língua de gata.
E tudo retorna
ao seu lugar usual.

No entanto,
nem tudo se recupera:
o jardim de feras em chamas que há nos sonhos,
e entre o Abismo e o Unicórnio,
Eurídice,
o meu olho cego.

III — TERRITÓRIO ABERTO

*Sobre o poema**

não necessito de outro chão
para andar
que não este poema.

a pedra do vocábulo
que ultrapasso
fere meu dedo
com seu aguilhão de zargun.

este poema
território aberto
para além do mapa.

este poema
me alerta.

* De *O movimento dos pássaros* (Goiânia: martelo casa editorial, 2020).

IV — ÓRBITA

Vestidos vazios

I

eu estive aqui, nesse pedaço
da tua memória
em que restam agora apenas
as migalhas do pão que repartimos
as risadas que nos demos
e o vestido azul e florido
de que você gostava tanto.
não há fotografia que me possa recompor
e outro relâmpago rasga o horizonte.

II

pérola por pérola
os botões caíram
as costuras se desfizeram.
eu não estou aqui
dentro do teu sonho.
eu não estou aqui
dentro do teu peito.
a ausência é aquele cometa
que passa brilhante
na órbita de um vestido inabitado.

III

esquecer o tom da minha voz
a pele contra a pele
minha mão sobre a tua.
o vestido evanescente
num cabide da memória
se agita sob o alísio
e confirma que um dia estive aqui.
pão geleia o uivo do cachorro
essa vida fora de ti e de mim.

IV

toda tempestade é um esquecimento.
neste lugar
estive eu um dia.
eu e minhas mãos
minha pele
meu sorriso sobreposto
a outros sorrisos que também eram meus.
o vestido abandonado
encontrado no teu sonho
ainda me pertence.

V

habitar o teu nome,
eis toda memória.
habitar o teu nome,
como o fermento habita o pão.
a costura se desfaz lentamente,
mas o vestido persiste.
sou eu que caminho lentamente
sobre a superfície do teu sonho.

VI

esses passos
esses vestígios
que recolhes do chão
do teu sonho
fui eu que espalhei.
era para ser um jogo
essa ausência.
era para ser mentira
esse relâmpago no horizonte.
recolhe com cuidado
os colchetes, os botões
a barra de renda tão fina
que se esvai como uma nuvem.
recolhe com cuidado esse vestido desabitado.
em outro sonho eu transito nua.

VII

esquecer o meu nome
esquecer o meu cheiro
e todos os vestígios
da minha passagem
pelo teu sonho.
em tuas mãos
no entanto
as pérolas
e as linhas
que desfazem a trama
do vestido.
em tuas mãos
no entanto
quase a memória
de quem fui.

VIII

o relâmpago que sorri
na noite escura
do teu sonho
não sou eu.
de nada adianta
compor um mapa
com as linhas esgarçadas
que restam do vestido.
a ausência é outro nome
para estar perdido.
eu sou uma nuvem
um pássaro
um desenho
que se apaga lentamente.

IX

o sopro da memória
é ventania dentro do teu sonho.
eu passo entre pétalas de ouro
e o vestido brilha
a minha ausência.
os teus olhos
tentando desenhar meu rosto
meu corpo
aquilo que se dissipa
deixaram escapar
as migalhas do último pão repartido
entre nós dois.
aquele pão, estrela de mil sóis.

X

o que sobrou do vestido
são estes resquícios
pedaços de uma memória
que lentamente se esvai.
pérolas colchetes
e a tua mão desfazendo o laço:
mínimo mundo
possível apenas
na órbita dessa ausência.
ah, e o pássaro do teu riso
que quase trouxe comigo
roubado
de dentro desse teu sonho.

XI

nenhum desses rostos
é meu.
apenas o vestido
que como nuvem
se desfaz em tuas mãos.
apagar toda a memória
da minha pele sobre a tua
as linhas e rastros e vestígios
de minha passagem
pelo teu sonho.
o que sorri no céu
é um relâmpago
mas ele não tem meu nome.

XII

o esquecimento
é uma estrela fria.
juntas as linhas
os caminhos da costura
as pérolas
todos os pedaços
do vitral do meu riso
e quase consegues
que meu corpo habite
esse vestido de névoa
e sal que tens entre as mãos.
o relâmpago risca o breu da noite
mas não, não sou eu dentro do teu sonho.

XIII

esse vestido vazio
inabitado de mim
guarda em suas costuras
quase desfeitas
as faíscas de um passado
que não se recompõe.
há muito está perdido
o meu rosto
estilhaçado em fractais.
o que não se perde
porém
é o que sentes na pele
e não sabes o que é.

XIV

tudo no teu sonho
se desfaz:
estrelas minúsculas
do último pão
as ruas molhadas
da cidade
e o vestido
essa gaze desfeita.
só a minha mão sobre a tua
permanece.

XV

não é esta presença
da memória
ou esta insistência
pendurada num cabide
transparente.
é este sonho
repetido
em que encontras meu vestido
e ele se desfaz.
é este sonho repetido
em que me sentes
e eu me quebro,
estrela de vidro.
entre tu e eu
esta névoa
que se desfaz perante
a palavra amor
brilhando
como na primeira dança.

XVI

a primeira dança
o último pão repartido
o vestido de névoa
que cor teria?
que cor teria
essa ausência
ou o relâmpago no horizonte?
eu passeio sobre teu sonho
como o orvalho sobre a manhã.
mas escapo antes que acordes.

XVII

tudo o que compunha
este vestido em tuas mãos
escapa como asas
pelo céu:
linhas
costuras
a barra de renda
o corpo que era meu
e te pertencia.
o vestido brilha a minha ausência
como um mapa
para uma terra inexistente.

XVIII

o teu sonho
recupera
apenas um vestido vazio
inabitado de mim.
meu nome
meu rosto
as minhas mãos
em concha
guardadas
dentro da tua
escapam
como as linhas
que se soltam da costura.
latido de cães
migalhas no chão
relâmpago no horizonte,
esta vida fora de nós dois.

XIX

as sobras estão dispersas
pelo chão
indícios de um passado
que persiste na memória.
o vestido tremula ao vento
e não são mais teus dedos
sobre a minha pele.
meu rosto
meu cheiro
o tom da minha voz
nada disso se recupera.
eu sou um sonho
que se esgarça.

XX

o amor tem nome e rosto.
o amor tem idade
e contorno.
este vestido
que um dia foi festa
e luminosidade
este vestido
um dia estive nele.
nada me recompõe
e o vestido se desfaz como
uma nuvem de chuva.
eu atravesso o teu sonho
e quase lembras meu nome.

XXI

o amor
como o esquecimento
é uma forma de persistência.
as tuas mãos
que desabotoaram o vestido
onde estão?
a memória é uma fenda profunda
e o vestido desabitado
permanece despido de mim.

XXII

este vestido
despido de mim
carrega em si
uma cartografia impossível.
ele não me encontra
e não me recupera.
o desejo que orbita
insatisfeito
entre as dobras
é tudo o que resta
de nós dois.
em suas linhas
uma rota para o nada.

XXIII

nesse vestido
de sonho e memória
habitei um dia.
nesse vestido
que tremula
ao teu toque mais leve
a primeira dança do amor.
o que resta do meu nome
em tua pele?
o que resta do que fui
sob a tua língua?
éramos festa e fogo,
silêncio e trovoada.
agora eu passeio pelo teu sonho:
a minha vida baseada
numa história real.

XXIV

o que há de desespero
nas tuas mãos
ante o vestido que se desfaz
não é saudade.
é talvez o relâmpago que sorri
no horizonte
e que não sou eu.
é talvez o meu nome
que morre antes do murmúrio.
é talvez o meu rosto
do qual quase te recordas.
no teu sonho eu digo ao teu ouvido:
diz para mim uma só palavra
e serei salva.
mas não escutas.

XXV

eu caminho sobre o teu sonho
enquanto o mundo se desfaz.
migalhas
estilhaços
as linhas
que se esgarçam do vestido
e que te ligam a mim
orbitam em torno de nós dois.
tudo é ruína
e dissolução
e a memória
uma luz tênue.
a guerra
fora daqui sorri
o seu relâmpago
e embora meu rosto
se desfaça
eu permaneço
em tua pele.
tudo se perde
como meu coração
[cristal quebrado
em mil pedaços]
mas eu permaneço:
eu habito
o teu peito.

XXVI

o vestido desaparece
em tuas mãos
não há linhas
nem mais dobras
nem botões
tudo é silêncio e ruína
e o eterno vento da história
que a tudo varre

e no entanto me sonhas novamente
outra noite outra noite outra noite
esta vida que costuramos
em desejo e incompletude

meu nome teu nome
e o que se inscreve
dentro da memória

XXVII

desencontro-me do teu sonho
teu nome é a minha mais completa ausência.
livros festa o vinho que bebemos entre rosas
o meu vestido
de gaze e desaparecimento.

quando tudo se dissolve
o tempo suspenso entre cacos de vidro
resta o amor
essa partícula ínfima e potente
essa estela.

V — ÓBOLO

O observador e o nada

I

O inseto me observa.
Me observa como se eu fosse um rio
e sou mesmo esse rio escuro e lamacento
que, águas podres, passa lenta, lenta serpente,
por baixo das pontes,
       dos olhos do inseto que me observa,
       dos móveis que em vão se arruínam.
Que passa por baixo da calçada
e exala o cheiro dos esgotos vivos.

Suas patas, antenas e asas se mexem,
fina engenharia de dobraduras em papel.
Mas ele não é papel,
embora transpareça uma finíssima seda,
a luz que só os insetos possuem,
seja a luz caramelo das baratas,
seja a luz de estrelas mortas dos besouros de carapaças
                                       [negras.
Mas o meu inseto,
o inseto que me observa,
tem outra claridade,
tem a luz azulada dos frágeis,
mas ainda assim me mete medo.
Da extremidade da minha cama,
do alto da ponte,
da lâmpada em que adeja,
ameaça.
Me ameaça.

Desenha em mim mapas com seus olhinhos astutos.
Vai medindo meu corpo, como um soldado.

Espera.

Quando eu pensei pela primeira vez em contratar um matador de
[aluguel, foi com um riso que concebi a ideia.

Um quase-riso,
nervoso,
de canto de boca,
quase-cuspe.
Pensei em seu rosto de morte,
num rosto espantado,
na mão grosseira e eficiente,
no suor gotejando da testa
como gotejam as fontes da Virgem Maria mundo afora.
Pensei nas veias do braço,
túrgidas,
na falta de um nome melhor.
Pensei que mataria menos por dinheiro, mas por outras tantas
[coisas mais ou menos óbvias como o dinheiro.

O prazer desse inseto que me observa, me causa repulsa.
A rajada de vômito se prepara e se esquece,
o que vai me causando
prazer e mal-estar
alternadamente.
Penso nas inutilidades acumuladas no meu leito,
nos rapazinhos impúberes afogados entres caixas de
[isopor,

canetas sem tampa,
garrafas e latas de bebida.
São já cinco horas da tarde.
Quase hora de ir embora e beber o lodo
e se deixar levar pela chuva
e se deixar sem roupas frente ao mistério que me observa.

Piedade.
Talvez a piedade mova as galáxias, as vontades, a mão do
[homem.
Foi o que pensei naquele exato momento.
Piedade pelo mínimo,
pelas bactérias que constelam os intestinos,
pelo louco abraçado a si mesmo,
sentado no batente da loja mais requintada.
Loja de conveniências.

Inconveniente mesmo, só o seu abraço sobre si, que se agarra no meu peito e pode me encher de piolhos, daqueles que se agarram à virilha, umbigo, ânus, que descem pela garganta e brincam nas orelhas como menininhas brincam de pular corda, que se agarram dentro das narinas e que de lá só saem para ataviar o pescoço como um colar de pérolas escuras, reluzentes de sangue.

O inseto que me observa não sabe o que vi naquele dia.
Como quase chorei perante um pedaço de carne,
um pedaço de carne jogado na rua,
cheio de moscas e vazio de cães.
Chorei.
Acho que porque me lembrei dos cães que não estavam

e porque aquele pedaço de carne me lembrou Deus
que disse **Não Matarás**.
Matarei.
Vi Deus transfigurado num pedaço de carne
coberto de varejeiras
e chorei comovidamente.
Matarei.
Por isso o matador.
Suas mãos, seu gatilho prestes.

Por nojo.
Nojo de mim que recorro a isso por ter mãos débeis,
débeis até contra este inseto tão pequeno,
que à contraluz se agiganta
até alcançar o tamanho do abajur
e lançar sobre mim suas mãos inesperadas,
desembainhando ferrões, ferros, chumbo.
Muita dor.

Foi quando pensei em efetivamente contratar um
                                        [assassino.
E depois, mais que no seu corpo, eu pensei na sua alma.
Sua alma mudaria depois de tudo?
Tive a forte impressão de que sim.
Não se sairia de uma morte dessas como das outras.
Esta lhe seria diferente.
Esta teria que ser de um sabor totalmente diferente.
Personalizado.
Por isso, escolher bem o homem.
Por isso minha crescente preocupação com o corpo e a
                                        [alma do sujeito.

Naquela época, eu ainda pensava nele com contornos
                              [bem definidos de herói.
Um herói místico,
místico como o inseto que me observa
e que neste exato instante se mexeu
ou pareceu mudar de lugar,
o que me causou um grande sobressalto
e me fez mergulhar assim nas minhas águas,
um breu de tintas mal formuladas,
um risco mais rápido que a serpente,
um rio como um raio,
uma lâmina de barbear,
um bicho ruminante.
Sim, eu o rio, o bicho ruminante.
E apenas porque ele assim me quer.
Engulo a mim e devolvo
pedras,
correnteza,
madeira velha,
metal perdido,

um anel jogado no dentro de mim a me arranhar as entranhas até me fazer cuspir mercúrio, as luzes que se perdem, pedaços imperceptíveis das pontes, restos e assombros dos meus afogados.

Dedos. Dedos. Dedos.
Perdidos de suas mãos,
perdidos de suas mães a parir-se em tiros,
em unhas amarelecidas de esmagar pequenos
insetos até não mais.

E foi, enfim, o que me acalentou: que ele mataria menos por dinheiro. Que ele mataria por qualquer outra coisa: prazer, piedade, nojo. Que ele mataria porque nunca mais em sua vida de merda apareceria uma morte destas. Que eu, caso fosse um matador de aluguel, esperaria a vida inteira por isso. E pensar nisso me acalentou, me deu ânimo para procurá-lo, herói matador, alçado da vulgaridade de matar gente a granel para a condição de santo profeta, herói, claro que sim, grande parideira de óbitos.

Um herói.

E o inseto que me observa, mudou mesmo de lugar.

II

Não sei mais distinguir um punhado de baratas estraçalhadas de
                          [cacos de garrafa de cerveja.

Me sinto também no vazio dos cães,
    parasita sem sangue,
    tronco ressequido sem as varejeiras de Deus.

Penso.
O que será que a criança nos braços da mãe vê quando
                                [olha para mim?
E o matador?
E o inseto?
O que há em mim que atrai os olhos de espelhos divertidos do inseto que me observa? Estertores, Avatar, Escurial, Sibilina, Leviatã, Hemorrágico, Valeriana.

Minha vida atravessada por palavras cujo significado não conheço, palavras como um verme branco cortando a polpa macia de frutas também brancas. Os vermes brancos invariavelmente possuem um ponto negro sugerindo uma cabeça, têm também uma gordura amarela muitíssimo clara e que parece pedir para vir à boca. Os vermes brancos pedem para ser espremidos entre os dentes, como uma pequena bexiga, um bago de laranja, as palavras que não conheço.

O herói,
o assassino místico,
nunca ouviu falar nas minhas palavras desconhecidas.
Invento palavras que podem ser desconhecidas
para o meu santo.
Estigma.
Não, estigma não.
Santos rasgam à unha, à bala, à força de pedradas
e dentes e chicotes, a pele.
A sua.
A dos outros.
Meu rio rasga o leito da terra
descobrindo cadáveres muito antigos,
fosforescentes.
Corro dentro de mim.
Me revolvo em estertores,
leviatã costurado de cadáveres,
escamas desiguais,
8% de perda de massa óssea ao ano.
Me revolto em hemorragias,
procurando para me derramar um recipiente adequado,
um cálice bento para depois me rasgar nos seixos,
na lâmina das margens e voltar,
de forma tensa,
para o meu escurial,
me anestesiando de valeriana e outras drogas,
morcegos, rio, verme cego.

Cubro-me de negro e não sei quando surgiu em mim o desejo de morte. Nem sei se surgiu ou já estava e eu apenas o libertei de dentro do baú de mogno, desenhado de marchetaria e aranhas, cascas de baratas.

Acho que fui descobrindo a morte como se desnudam
[amantes.
E não adiantou chamar por ninguém.
Nem quis, na verdade.
Quis mesmo uma mão potente,
dedos quentes que se sobrepusessem aos meus,
frios.
Eficiência.
Desci ao inferno,
o lugar-comum de quem lida com a morte
desde Caim, cão, cãs cinzentas e avermelhadas.
Procurei por meu santo nos mundos inferiores.
Cigarro, nádegas, secreções, cheiro de dinheiro velho.
Caixa de luz.
Caixa forte.
Caixa de madeira.

Errei por muitos.
Unhas sujas,
dentes faltosos,
pelos tingidos de nicotina.
Todos desprezando a vida,
desprezando tanto que quase descuidei de mim,
as forças da desistência.
Pensei estar doente.

Errei por muitos até encontrar o matador que eu queria.

O inseto que me observa não sabe o que eu vi.

O que mastiguei e como me mastigaram até que eu encontrasse o santo de aluguel, o assassino que eu queria.

Ela, do colo acolhedor em que está
me vê, certamente, como um pedaço de carne sem mãe,
inchado de vazios,
rompendo fibras,
vasos,
não atraindo nem cães, nem moscas, nem Deus, como
                                      [se isso fosse possível.
Ou me vê certamente como um experimento de tintas,
supurando vozes que ela nunca entenderá.

Inferninhos.

Creio ser essa a palavra mais incompreensível para mim
e para o profeta santo assassino místico de dedos poten-
tes como um pau de aluguel.

E ele,
a potência divina,
a ira mística,
o matador,
o que vê em mim?
Pústulas?
Fístulas?
Não isso.
Deve ver, enxergar, que a mim me falta a força das
                                                  [erupções.
Não pústulas.
Não fístulas.
Só o ridículo de mãos débeis que urgem as suas,
menos mãos,

palhaços dependurados pelos pescoços,
débeis, inúteis, risíveis ainda assim.

Minhas mãos,
palhaços cortados sangrando rímel, batom, maquiagem
                                                    [borrada.

O que vê o matador que me observa?
Um desenho manchado,
restos de um papel pouco higiênico.
Terá piedade?
Sim, terá piedade.
É um santo, mesmo de aluguel.

Filhotes de répteis sofrem muito para sobreviver e chegar até a idade adulta. Boiam sem perceber as bocas gigantescas de peixes que espreitam. Se escondem, indefesos, por baixo de folhas contra os pássaros.

Há flores que desabrocham de noite para murchar na manhã seguinte e por toda a noite exalam um cheiro muito forte de carniça.

O matador de aluguel não precisou abrir a boca
para que eu o reconhecesse pelo cheiro.
Boca-de-lobo.
Boca-de-forno.
Inferno.

Levei um corte.
Cacos.
Cascas.

O inseto que me observa não sabe o que vê.
Planeja coisas para mim
que não são do meu conhecimento.
Talvez me estraçalhar
ou, como um milagre,
apenas pousar em mim.
E eu gostaria de ser aquela flor pútrida
visitada por morcegos e outros pequenos ávidos.
Flor branca,
de carne podre,
rio leitoso alimentando a mínima vida,
ou ao menos poder beber da espuma
como um qualquer
dos meus afogados.
Mas o inseto que me observa não vê só pouso,
eis o que me assusta.
Mas fosse eu a flor de carniça
e não teria concebido o santo pau de aluguel,
o herói divino.
Seria eu a potência a desabrochar
como um cilindro de gás desabrocha quando explode
                                      [numa sala fechada.
Furúnculo luxurioso de bichos,
com poder de vida e morte sobre eles.
Mas há diferenças cortantes entre uma flor de carne e
                                      [um pedaço de carne.
Matarei.
Conseguirei matar.

Desci as escadas do inferninho e me ajoelhei perante o milagre.

III

Fiz um jardim de cactos e pedras.

      Cactos de agudos eretos, lancinantes.
      Pedras arredondadas como bem cabe a um rio.

As antenas e filamentos e patas do inseto que me observa o
fazem parecer, às vezes, um pequeno cacto do meu jardim.
Às vezes tudo o que me cerca parece explodir em espinhos.
Nenhum animal me pareceu mais ameaçador e aterrorizante que a negra serpente do meu sonho, negra e coberta
de espinhos da cabeça
                        (de naja)
à cauda,
cada agudo, uma presa envenenada.
Era eu a serpente do meu sonho. Quando alguém a matou (eu nunca mato, fraco pulso até no
                             sono)
senti ternura e respeito imensos pelo animal morto,
meu deus sacrificado.
Quis tocar a serpente, quis me furar em seus cravos, quis
                    [tatuar o seu rosto no meu,
minha culpa, minha culpa, minha culpa,
verônica tardia.

O inseto,
pequeno cacto que me observa
planeja me furar os olhos,

deixar os meus olhos esbranquiçados vertendo água
                              [escura e lamacenta,
serpente cega como o meu deus morto.

Como ruge este inseto!

Como me assustam suas unhas,
sua luz,
a santidade do assassino de aluguel.
Nesta hora,
apenas meu jardim de cactos e pedras deveria me cercar.
Não o medo.
Não o inseto que me observa.
Não as paredes desta caixa.

E se quisessem mesmo uma flor,
que fosse aquela alva,
aquela que exala o perfume das gargantas dos cemitérios.
Apenas ela.
A flor do baobá.
Não estas que boiam sobre mim como os cadáveres
                              [longínquos dos meus afogados.
Não estas.

Nunca poderia estilhaçar meu rosto contra o espelho.

Não sem ele,
minha potência,
minha mão auxiliar,
o empurrão na boca do abismo.
Boca-de-lobo.

Boca-de-forno.
Inferno.

Ele e seu corpo,
seus dedos ágeis.

Ele e sua força engatilhada a me perfurar os olhos, a testa, os ouvidos, o peito, o estômago, os pulmões, a garganta, o céu da boca, os olhos, a testa, os ouvidos, o peito, **as costas**, o estômago, os pulmões, a garganta, o céu da boca, os olhos, a testa, os ouvidos, o peito, as costas, o estômago, os pulmões, **o baço**, a garganta, o céu da boca, os olhos, a testa, os ouvidos, o peito, as costas, o estômago, **o cérebro**, os pulmões, o baço, a garganta, o céu da boca, os olhos, **o sexo**, a testa, os ouvidos, o peito, as costas, o estômago, o cérebro, os pulmões, o baço, a garganta, o céu da boca, os olhos, o sexo, a testa, os ouvidos, o peito, as costas, o estômago, o cérebro, os pulmões, o baço, a garganta, o céu da boca, **as palmas das mãos**, os olhos, o sexo, a testa, os ouvidos, o peito, o estômago, o cérebro, os pulmões, **o baço**, a garganta, o céu da boca, as palmas das mãos, os olhos, o sexo, a testa, os ouvidos, o peito, o estômago, **o cérebro**, os pulmões, a garganta, o céu da boca, as palmas das mãos, os olhos, **o sexo**, a testa, os ouvidos, o peito, o estômago, os pulmões, a garganta, o céu da boca, **as palmas das mãos**, os olhos, a testa, os ouvidos, o peito, o estômago, os pulmões, a garganta, o céu da boca, as palmas das mãos, os olhos, a testa, os ouvidos, o peito, o estômago, os pulmões, a garganta, os olhos, a testa, os ouvidos, o peito, o estômago, os pulmões, os olhos, a testa, os ouvidos, o peito, o estômago, os olhos, a testa, os ouvidos, o peito, os olhos, a testa, os ouvidos, os olhos, a testa, os olhos, os olhos, os olhos.

Desci os degraus do inferninho e segurei as mãos do santo. Ele me segurou.
Vale de sombras: o gozo de atravessar a mansão dos mortos.

IV

    Apresado. Represado. Aterrado.

   O inseto que me observa
      Espera.
Espera o fim da calafetagem para, promíscuo, se fartar
                                          [de carne.

Espera a última pá para arruinar os móveis, os ossos, os
                [olhos imóveis com que o observo.

Caminha, rasteja e me lambuza
com sua baba, sua urina, suas fezes,
com o seu pau de aluguel.

Vai me diluir até que eu seja água podre de novo.

Fecharam a tampa.

VI — COMO QUEM DESATINA

) escrever como quem constrói um labirinto | um amontoado de pedras entre as quais as palavras giram | móbiles fulgurantes | carne dolorida | escrever | escrever como quem constrói o próprio chão no qual se pisa | árvores de um lado | gavetas do outro | a luminescência de alguns peixes e as grandes mariposas da memória | escrever | escrever | escrever como quem desenha a pena e tinta uma rota de fuga | uma rota de navegação | a trajetória de um planeta desconhecido | um anel | um brinco | e ainda aqueles animais fantásticos saindo da garganta da terra | aqueles de letras sibilantes | outros de cascos dançarinos | uns de chifres abrasadores | escrever | escrever | escrever | escrever como quem se arrisca | as pontas dos dedos flamejantes | a dura semente que explode em verde tenro e vivo e sangrante | como o desenho de um corpo amado | os olhos abertos | os olhos fechados | escrever | escrever | escrever | escrever | escrever como quem desatina | um outro ciclo | uma outra lua | uma outra língua | e voltar para o mesmo sempre início | precipício | escrever como quem constrói um labirinto (*

---

* De *Maravilhas banais* (Goiânia: martelo casa editorial, 2017).

VII — MÓBILES

B de bruxa

[bonnus bonnificarum]

e este é teu, guarda-o junto ao peito. manual ou perdição. conforme a mão com que o manuseies.

I

irmã, comi os pés do meu último marido.

por quê? por que você fez isso? desperdiçou as vísceras?
bonitos pés. e agora vou aonde quero.

II

música dissonante.

não, cara, é só sexo. e por falar nisso, melhor você ir saindo.

III

quem destrincha?
eu eu eu
eu fico com os pés.
e eu com as mãos.
o pinto me apetece.
e você, querida?
comam a carne que vou roer os ossos.
os ossos?
a melhor parte de um homem. com eles faço outro e
outro e ainda outro.

IV

e o que fazemos com a cabeça?
ah, sei lá, pendura na porta pra dar sorte.
mamãe sempre dizia.
sim, sim, chama outros homens.

V

ei, não corra, não. vem aqui. quem vai te comer sou eu, com meus talheres de prata.

foi o que ela disse, cara. puta mina doida. eu? que foi que eu fiz? lógico que corri. o que é que você acha?

VI

manjericão, meu amor, sobre teu peito e nas tuas costas. alecrim nos pulsos. ah, não tenha medo, é um pouco de ópio. hortelã sobre teu sexo. e deixa, deixa que eu te chupe os pés. eu nunca te farei mal algum.

VII

uma caminha de alecrim
meu amor
para que te deites
tua mão teu pé tua língua
teus dedos teu membro
entremeusdentes
essa é a canção da bruxa
é a canção da bruxa
mas não receies
uma caminha de alecrim
meu amor
para que te deites.

VIII

eu vou sair, meu amor, eu vou sair, eu vou voar sobre teu sonho, eu vou voar, eu agito os ventos, meu amor, agito os ventos, e dentro do teu sonho, meu amor, eu vou entrar, eu vou entrar, meu amor, eu vou entrar, pelo teu sonho, no teu peito, eu vou entrar, eu vou surfar, no teu sangue, eu vou surfar, porque é lua, meu amor, eu vou surfar, eu vou girar, meu amor, eu vou girar, na tua língua, nos teus passos, eu vou girar, e eu vou sair, meu amor, eu vou sair, eu vou sair e do teu lado me deitar.

IX

mas tu és parva, mesmo, irmã! parva, mesmo!
parva, o quê? parva, o quê?
parva mesmo. onde já se viu botar homem em gaiola?
homem em gaiola. e ponto. homem em gaiola.
homem em gaiola só se for pra engorda, oh, parva!
e, então?! achastes que era pra quê? semana que vem tem
banquete, irmã.

...

oh, e parva, bem parva, és tu, hein?

X

não tenha medo. os animais da noite passada não podem tocar em você agora. não tenha medo. já alimentei a todos. os teus pés, nos meus pés. tuas mãos, no bico do pássaro. teu coração, na boca da raposa. não tenha medo. tudo passou, ainda é dia e a noite demora.

XI

irmã, irmã.
o quê, irmã?
vê aquele ali?
o que tem?
algo que te interessa.
o quê? o nome, o pau, a pique?
ela, irmã. atente. ela.

XII

deixa que eu te leve, meu amor, deixa que eu te leve.
fecha os olhos. e deixa que eu te leve. duas cruzes
trançadas pra te cruzar. dois laços laçados pra te laçar.
duas velas ardentes pra te velar. dois braços abraçados
pra te abraçar. no alto da pedra. no fundo do mar. no
espanto da noite. no frio luar. deixa que eu te leve, meu
amor, deixa que eu te leve.

XIII

retiro de ti o que há nela em ti. olhos de olhar. mãos de
afagar. boca de comer. retiro de ti. quebranto quadril.
retiro de ti. cabelo febril. retiro de ti. estrela peluda. retiro
de ti. a língua obtusa. retiro de ti. do amor, o engenho.
retiro de ti. tuas mãos em seu seio. retiro de ti. e pouso.
repouso. e pouso. repouso. e pouso, repouso. repouso em ti.

XIV

amaciar a carne com sete ervas, alecrim, alfazema,
açafrão, manjericão, tomilho e sálvia, um pouco de salsa.

amaciar a carne afundando os dedos nas costelas, no
ventre, nos ombros, nas pernas.
cravo entre os dedos, canela nos pulsos, a língua
zumbido na cavidade do umbigo.
flor de sal na planta dos pés.
flor de sal na ponta dos pés.
ataviar o pau com as flores certas, maria-sem-vergonha,
não-me-esqueças, amor-perfeito, violeta.
desenhar à faca no próprio peito o seu contorno.
marinar. misturar. esperar.
levar ao forno.

XV

oh, fauno, amor das ninfas, vem, e olha o céu que anoitece.
oh, fauno, amor das ninfas, deita aqui e entorpece

...

ele vai ouvir, irmã? ele vai ouvir?
com mais doçura. cante com mais doçura. é esse o alçapão.

XVI

chifres de fauno, escamas de lagarto, doce de cereja, beijo em turbilhão, pelos de centauro, raiz de erva forte, canto de sereia, unguento de coração.

...

— cortar os chifres dez centímetros acima da cabeça, para que no fauno de novo eles cresçam.
— escamas de lagarto melhor se prateadas e se abandonadas na pele que restou.
— doce da cereja da mata mais profunda, de onde se escuta só longínquo rumor.
— beijo em turbilhão que move outras estrelas.
— pelos de centauro, e do coito a beleza.
— raiz de erva forte de terra morna e úmida.
— e canto de sereia que ecoa em pedra rútila.

...

triturar. amassar. cozinhar. misturar tudo ao unguento de coração.
é um filtro, um filtro, irmã, mas atenção, sem o brilho dos teus olhos, ele não pega, não.

XVII

eu não peço e nem ordeno, querido. nunca. para isso tenho quem faça por mim. guarde. grave. eu não peço e nem ordeno.

XVIII

beija-me a curva do pescoço o poço sem fim de mim
mesma beija-me. beija-me três vezes cada olho lambda
e zênite beija-me. beija-me a boca a noite calada beija-me
os pés espáduas e pássara. beija-me o ventre a coluna em
serpente. beija-me o céu a língua os dentes. beija-me a
pele o salto os pelos beija-me espiral labirinto e novelo.
beija-me o sol asteroides e as faces. beija-me joelhos coxas
e nádegas. beija-me o talvez o sim e o não. beija-me em
signo e em perdição. beija-me em tudo o que te ofereço.
beija-me e retorna de volta ao começo.

XIX

ah, esse homem dá uma sopa.
irmã, primeiro tira-lhe a roupa.
ah, esse homem dá um caldo.
irmã, vê se já não está passado.
ah, esse homem dá uma canja.
irmã, vê se tem tutano e sustança.

ah, esse homem em minha mesa.
irmã, não será melhor em sobremesa?

XX

anoiteçam teus olhos. teus olhos ceguem. de novo tuas mãos me sabem e seguem. anoiteçam teus lábios. teus lábios ceguem. de novo teus pés me sabem e seguem. anoiteçam teus ouvidos. teus ouvidos ceguem. de novo teus dedos me sabem e seguem.

XXI

sua bruxa. sua puta. foi o que ele disse.

e você, irmã, retrucou?

repete pra mim, eu disse, repete pra mim, homem que
                                                   [sabe das coisas.

e depois?

depois o comi, irmã. homem sábio. homem bom.

XXII

mel e água
ovos de dragão
do teu amado em nove partes
todo o coração
um punhado de farinha tostada
sêmen morno manteiga esfriada
sangue e suor o quanto bastar
pimenta e canela para polvilhar.

deite em fôrma a massa do bolo.
espere assar.
e coma. com gosto.

XXIII

me beijou três vezes o tornozelo, irmã.
e então?
desfaleci.
escapaste?
escapei, não é verdade que me vês e estou aqui?
e teu coração, irmã, onde está que não o vejo?
ah, esse eu deixei, perdi.

XXIV

o que ele te fez, irmã?
fechou-me os olhos.
o que ele te fez, irmã?
calou-me a boca.
o que ele te fez, irmã?
ouviu o meu coração.

irmã, estás atada pelos pés e pela alma. irmã, agora és caça.

XXV

porque ele guardou dois pássaros em meus olhos e me
deu um rio e seus afluentes, prendi a ele meus
                                        [tornozelos.
irmã, que perigo! esse feitiço que fizeste é a contrapelo.
irmã, atente, que perigo! irmã, esse feitiço contra o
                                              [espelho.
eu sei, irmã, eu sei. é difícil. mas ele, irmã, ele é tão
                                                [bonito.

XXVI

é um rei?
não, irmã, silencia.
é um santo?
não, irmã, silencia.
é um soldado?
não, irmã, silencia. já disse, lábios selados!
quem é, irmã, quem é que assim te assusta?
silencia, já disse. um homem que fala pássaros e chuvas.

XXVII

esses despojos, senhor, essa guerra, essa pele que vês, rota, essa terra que me suja os pés as mãos a boca, essa louca, que fui que sou, como me chamas? puta, devoradora, esses despojos, senhor, a carne clara, rendida, abatida, essa briga, esses despojos, senhor, que somos nós, tu e eu, as palavras transpassadas, essas asas pendidas, nada disso, senhor, carecia, nada disso, senhor, precisava.

XXVIII

linha e agulha
no teu coração
o que dura
rota
órbita.

[tua bruxa]

A cozinha do buda

uma antiga cozinha assentada
na memória
tem cheiro de broa de milho
de café com leite
de canja quente.

em minha cozinha
um pequeno buda gordo
ri entre maços verdes:
manjericão alecrim rúcula agrião.

tenho uma lata de temperos
onde os aromas do mundo
se celebram:

herdei da minha avó
gorda e sorridente
como o pequeno buda.

as bananas amadurecidas na fruteira
logo mais se tornarão um bolo
macio e adocicado com canela.
o menino ficará com o rosto e as roupas
cobertos de farinha
e a menina se querendo crescida
vai sorrir dos atrapalhamentos do irmão.
o buda em sua casa azul de primavera
projetará um outro corpo pela cozinha branca.
um corpo de dança e luz.
ninguém perceberá
nem eu, nem as crianças,
nem o homem que passa,
nem a gata que come a ração na vasilha rosa.
o bolo [no entanto] vai crescer
macio e adocicado
em seu gosto de canela e sol.

enquanto cozinho
um buda sorridente
do alto da prateleira
acompanha a minha dança.

a colher de caldo quente
toca-me a língua
e um cheiro de alho e outros temperos
forma uma nuvem em torno de mim.

minha mão se retrai ante a panela
fervente
e uma música francesa
me derrete como se eu fosse um sorvete
de calda fumegante.

eu poderia ser um quadro
ou uma telenovela
ou mesmo uma boneca
que perdeu as meias os sapatos e a vergonha
de não ser perfeita.

eu poderia ser o que eu quisesse
até eu mesma brincando de amarelinha
enquanto o namorado sonhado dos 13 aos 15
passa absorto com sua sacola de pães.

tanto espírito
tanto espírito

bradaram as mulheres do meu sonho
outra noite
mas lhes respondi que é só na carne
úmida e quente
que posso me movimentar.
o buda sorridente
me olha do alto da prateleira
leve e condescendente
e só então me dou conta de que
são quase oito horas da noite.

adoro como a palavra
mushroom
desmancha na boca.
na panela
os tomates
se entregam
ao azeite quente
com elegância
e dignidade
e percebo
a respiração
da cozinha
quente
como o hálito
de um
dragão.
na xícara
genmaicha
e o corpo
respirando junto.

manhã de origami
e o sol é uma estrela
laminada na pequena
mão do dia.
a gata se espreguiça
numa réstia de luz
e o chá da flor da laranja
perfuma esse reino
simultaneamente
eterno
e provisório.

o pequeno buda dourado
como que sorri
diante de mim:
a panela fumaçando
o arroz queimado
meus olhos ardendo.
algo me sussurra
que todo imprevisto
é motivo para outra festa.
um pássaro chega à janela,
e nessa fresta
meu coração já se expande.

uma sopa há de acolher
todas as intenções.

as laranjas nessa tarde iridescente

o sol condensado
no miolo da laranja
canta na vasilha:

a palha trançada da cesta
o vestido da menina
o buda dourado
banhado pela
claridade
meus olhos castanhos
que amarelam
[pequenas estrelas
um tanto falsas
em sua quinta
e efêmera grandeza].

choveu agora há pouco
e um pequeno arco-íris
reflete na janela
como um sonho possível.

em cozinha alheia
minha mão semeia
uma xícara de chá.
o dia é cinza.
a tarde, fria.
mas eu queimo
como um sol portátil.

hoje acordei
com a chuva
chiando na janela.
levantei,
olhei o mundo em volta,
e fui para a cozinha.
o feijão chiando na panela
imitou a chuva,
pássaro caprichoso.
o cheiro do alho esmagado
misturado ao cheiro
de terra molhada
entrando pelas frestas.
o buda bocejando,
os olhos mal abertos,
se espanta com tanta agitação
num dia ainda escuro,
como se dissesse
que hoje seria dia apenas
para filosofias e números puros.
mas é que hoje acordei
com a chuva chiando
na panela de tudo.

ÍNDICE EM ORDEM ALFABÉTICA
DOS TÍTULOS DOS POEMAS

I (de *B de bruxa*), 233
I (de *O observador e o nada*), 205
I (de *Vestidos vazios*), 173
II (de *B de bruxa*), 234
II (de *O observador e o nada*), 211
II (de *Vestidos vazios*), 174
III (de *B de bruxa*), 235
III (de *O observador e o nada*), 217
III (de *Vestidos vazios*), 175
IV (de *B de bruxa*), 236
IV (de *O observador e o nada*), 221
IV (de *Vestidos vazios*), 176
V (de *B de bruxa*), 237
V (de *Vestidos vazios*), 177
VI (de *B de bruxa*), 238
VI (de *Vestidos vazios*), 178
VII (de *B de bruxa*), 239
VII (de *Vestidos vazios*), 179
VIII (de *B de bruxa*), 240
VIII (de *Vestidos vazios*), 180
IX (de *B de bruxa*), 241
IX (de *Vestidos vazios*), 181
X (de *B de bruxa*), 242
X (de *Vestidos vazios*), 182
XI (de *B de bruxa*), 243
XI (de *Vestidos vazios*), 183
XII (de *B de bruxa*), 244
XII (de *Vestidos vazios*), 184
XIII (de *B de bruxa*), 245

XIII (de *Vestidos vazios*), 185
XIV (de *B de bruxa*), 246
XIV (de *Vestidos vazios*), 186
XV (de *B de bruxa*), 247
XV (de *Vestidos vazios*), 187
XVI (de *B de bruxa*), 248
XVI (de *Vestidos vazios*), 188
XVII (de *B de bruxa*), 249
XVII (de *Vestidos vazios*), 189
XVIII (de *B de bruxa*), 250
XVIII (de *Vestidos vazios*), 190
XIX (de *B de bruxa*), 251
XIX (de *Vestidos vazios*), 191
XX (de *B de bruxa*), 252
XX (de *Vestidos vazios*), 192
XXI (de *B de bruxa*), 253
XXI (de *Vestidos vazios*), 193
XXII (de *B de bruxa*), 254
XXII (de *Vestidos vazios*), 194
XXIII (de *B de bruxa*), 255
XXIII (de *Vestidos vazios*), 195
XXIV (de *B de bruxa*), 256
XXIV (de *Vestidos vazios*), 196
XXV (de *B de bruxa*), 257
XXV (de *Vestidos vazios*), 197
XXVI (de *B de bruxa*), 258
XXVI (de *Vestidos vazios*), 198
XXVII (de *B de bruxa*), 259
XXVII (de *Vestidos vazios*), 199

XXVIII (de *B de bruxa*), 260
[escrever como quem constrói um labirinto], 225
A Barata, 123
A Bicicleta, 47
A Borboleta, 29
A Tecelã, 101
Abismo 801, 127
[adoro como a palavra], 267
[Amor é morte], 124
Aniversário, 67
Anotação para um Domingo da Ressurreição, 102
Arrecife, 139
[as bananas amadurecidas na fruteira], 264
as laranjas nessa tarde iridescente, 270
As Tardes como Cães Danados, 65
Ausência, 129
Biografia, 143
Cena Suburbana, 69
Cerco, 159
Chapeuzinho Vermelho, 157
Coliseu, 141
Conto, 61
Da Rotina, 68
Darkness, 53
Decalque, 98
Desenho, 34
Deus, 60
Diadorim, 155
Diorama, 119
Ditirambo, 62
Dois Temas para Meninos, 86
Domingo, 28
Dor, 91
Duo, 30
[em cozinha alheia], 271
Enfeite, 130
[enquanto cozinho], 265
Epílogo ao Anjo Cego do Senhor, 104
Evangelho, 45
Face, 46
Festa, 145

Flor, 85
Fotografia de Menino, 77
Frida, 105
9, 35
Geografia Íntima do Deserto, 71
Hades, 80
Hieróglifo, 58
História, 117
[hoje acordei], 272
Infibulação, 52
Inventário, 90
Le Cirque, 70
Lego, 82
Lenda, 66
Literatura, 158
[manhã de origami], 268
Memória, 39
Meninas, 83
Naufrágio, 120
Nightmare, 50
Noite, 37
O Dragão, 33
O Espelho de Borges, 75
O Farol, 97
O Fazedor de Sonhos (ou A Rede), 138
O Homem do Lado do Espelho, 59
O Leão, 146
O Livro, 27
O Muro, 142
[o pequeno buda dourado], 269
O Que Dizem os Girassóis sobre a Morte, 57
O Rio, 32
[O sol], 163
O Soldado Verde, 84
O Tigre, 55
Ofício, 100
Orlando, 153
Palavras, 154
Para Esquecer os Mortos, 94
[Para fazer um pássaro], 147
Prática, 122
Rápido Monólogo do Caçador com Sua Caça, 31
Rota, 131

Rubaiat, 51
Rubens, 118
Sala, 151
Salmo da Luta Inútil, 95
Salomé, 54
Se Outro Nome Tivesse a Rosa, 63
Seca (ou "O Boi e a Quaresma"), 38
Seda, 64
Sobre o poema, 167
Subverso, 36
Suicídio, 49
Tankas, 78
Tatuagem, 132
Tempo, 96
Terço, 48

Toys, 99
Trabalho, 144
[Traz o teu encanto], 133
Três Esboços de Método para a Pintura, 92
Troia, 137
[Uivo], 113
Um Canto Obsessivo, 88
Um Suicídio, 156
[uma antiga cozinha assentada], 263
[Uma criança antiga], 160
Variação e Rito sobre uma Tourada Espanhola, 40
Vincent, 79
Xadrez, 81

CRONOLOGIA-CONSTELAÇÃO DESTE VOLUME

I — À porta
A propósito dessa nova geografia (2024)

II — Orbe
Geografia íntima do deserto (2003)
A cartografia da noite (2010)

III — Território aberto
"Sobre o poema" (de *O movimento dos pássaros*, 2020)

IV — Órbita
Vestidos vazios (2014)

V — Óbolo
O observador e o nada (2003)

VI — Como quem desatina
") escrever como quem constrói um labirinto" (de *Maravilhas banais*, 2017)

VII — Móbiles
B de bruxa (2014)
A cozinha do buda (2017)

Copyright da organização © 2024 Micheliny Verunschk

Todos os direitos reservados. Nenhuma parte desta obra pode ser reproduzida, arquivada ou transmitida de nenhuma forma ou por nenhum meio sem a permissão expressa e por escrito da Editora Fósforo.

DIREÇÃO EDITORIAL Fernanda Diamant e Rita Mattar
COORDENAÇÃO DA COLEÇÃO E EDIÇÃO Tarso de Melo
COORDENAÇÃO EDITORIAL Juliana de A. Rodrigues
ASSISTENTES EDITORIAIS Cristiane Alves Avelar e Rodrigo Sampaio
PREPARAÇÃO Viviane Nogueira
REVISÃO Eduardo Russo
DIRETORA DE ARTE Julia Monteiro
PROJETO GRÁFICO Alles Blau
EDITORAÇÃO ELETRÔNICA Página Viva

Dados Internacionais de Catalogação na Publicação (CIP)
(Câmara Brasileira do Livro, SP, Brasil)

Verunschk, Micheliny
  Geografia íntima do deserto : e outras paisagens reunidas / Micheliny Verunschk. — 1. ed. — São Paulo : Círculo de Poemas, 2024.
  ISBN: 978-65-84574-93-9
  1. Poesia brasileira I. Título.

24-197857   CDD — B869.1

Índice para catálogo sistemático:
1. Poesia : Literatura brasileira   B869.1
Aline Graziele Benitez — Bibliotecária — CRB-1/3129

circulodepoemas.com.br
fosforoeditora.com.br

Editora Fósforo
Rua 24 de Maio, 270/276, 10º andar
01041-001 — São Paulo/SP — Brasil

A marca FSC® é a garantia de que a madeira utilizada na fabricação do papel deste livro provém de florestas gerenciadas de maneira ambientalmente correta, socialmente justa e economicamente viável e de outras fontes de origem controlada.

CÍRCULO DE POEMAS

LIVROS

1. **Dia garimpo.** Julieta Barbara.
2. **Poemas reunidos.** Miriam Alves.
3. **Dança para cavalos.** Ana Estaregui.
4. **História(s) do cinema.** Jean-Luc Godard (trad. Zéfere).
5. **A água é uma máquina do tempo.** Aline Motta.
6. **Ondula, savana branca.** Ruy Duarte de Carvalho.
7. **rio pequeno.** floresta.
8. **Poema de amor pós-colonial.** Natalie Diaz (trad. Rubens Akira Kuana).
9. **Labor de sondar [1977-2022].** Lu Menezes.
10. **O fato e a coisa.** Torquato Neto.
11. **Garotas em tempos suspensos.** Tamara Kamenszain (trad. Paloma Vidal).
12. **A previsão do tempo para navios.** Rob Packer.
13. **PRETOVÍRGULA.** Lucas Litrento.
14. **A morte também aprecia o jazz.** Edimilson de Almeida Pereira.
15. **Holograma.** Mariana Godoy.
16. **A tradição.** Jericho Brown (trad. Stephanie Borges).
17. **Sequências.** Júlio Castañon Guimarães.
18. **Uma volta pela lagoa.** Juliana Krapp.
19. **Tradução da estrada.** Laura Wittner (trad. Estela Rosa e Luciana di Leone).
20. **Paterson.** William Carlos Williams (trad. Ricardo Rizzo).
21. **Poesia reunida.** Donizete Galvão.
22. **Ellis Island.** Georges Perec (trad. Vinícius Carneiro e Mathilde Moaty).
23. **A costureira descuidada.** Tjawangwa Dema (trad. floresta).
24. **Abrir a boca da cobra.** Sofia Mariutti.
25. **Poesia 1969-2021.** Duda Machado.
26. **Cantos à beira-mar e outros poemas.** Maria Firmina dos Reis.
27. **Poema do desaparecimento.** Laura Liuzzi.
28. **Cancioneiro geral [1962-2023].** José Carlos Capinan.

PLAQUETES

1. **Macala.** Luciany Aparecida.
2. **As três Marias no túmulo de Jan Van Eyck.** Marcelo Ariel.
3. **Brincadeira de correr.** Marcella Faria.
4. **Robert Cornelius, fabricante de lâmpadas, vê alguém.** Carlos Augusto Lima.
5. **Diquixi.** Edimilson de Almeida Pereira.
6. **Goya, a linha de sutura.** Vilma Arêas.
7. **Rastros.** Prisca Agustoni.
8. **A viva.** Marcos Siscar.
9. **O pai do artista.** Daniel Arelli.
10. **A vida dos espectros.** Franklin Alves Dassie.
11. **Grumixamas e jaboticabas.** Viviane Nogueira.
12. **Rir até os ossos.** Eduardo Jorge.
13. **São Sebastião das Três Orelhas.** Fabrício Corsaletti.
14. **Takimadalar, as ilhas invisíveis.** Socorro Acioli.
15. **Braxília não-lugar.** Nicolas Behr.
16. **Brasil, uma trégua.** Regina Azevedo.
17. **O mapa de casa.** Jorge Augusto.
18. **Era uma vez no Atlântico Norte.** Cesare Rodrigues.
19. **De uma a outra ilha.** Ana Martins Marques.
20. **O mapa do céu na terra.** Carla Miguelote.
21. **A ilha das afeições.** Patrícia Lino.
22. **Sal de fruta.** Bruna Beber.
23. **Arô Boboi!** Miriam Alves.
24. **Vida e obra.** Vinicius Calderoni.
25. **Mistura adúltera de tudo.** Renan Nuernberger.
26. **Cardumes de borboletas: quatro poetas brasileiras.** Ana Rüsche e Lubi Prates (orgs.).
27. **A superfície dos dias.** Luiza Leite.
28. **cova profunda é a boca das mulheres estranhas.** Mar Becker.

Que tal apoiar o Círculo e receber poesia em casa?

O que é o Círculo de Poemas? É uma coleção que nasceu da parceria entre as editoras Fósforo e Luna Parque e de um desejo compartilhado de contribuir para a circulação de publicações de poesia, com um catálogo diverso e variado, que inclui clássicos modernos inéditos no Brasil, resgates e obras reunidas de grandes poetas, novas vozes da poesia nacional e estrangeira e poemas escritos especialmente para a coleção — as charmosas plaquetes. A partir de 2024, as plaquetes passam também a receber textos em outros formatos, como ensaios e entrevistas, a fim de ampliar a coleção com informações e reflexões importantes sobre a poesia.

Como funciona? Para viabilizar a empreitada, o Círculo optou pelo modelo de clube de assinaturas, que funciona como uma pré-venda continuada: ao se tornarem assinantes, os leitores recebem em casa (com antecedência de um mês em relação às livrarias) um livro e uma plaquete e ajudam a manter viva uma coleção pensada com muito carinho.

Para quem gosta de poesia, ou quer começar a ler mais, é um ótimo caminho. E para quem conhece alguém que goste, uma assinatura é um belo presente.

CÍRCULO DE POEMAS

Este livro foi composto em GT Alpina e GT Flexa e impresso pela gráfica Ipsis em abril de 2024. Uma palavra espreita e se esgueira entre todas as frases não lidas.